MW00917032

Histoires à lire le soir 3

Texte et illustrations :
Marc Thil

Un monde miniature

« Tu vas de nouveau regarder les petits trains ! »

J'entends encore la voix moqueuse de Charlène, ma sœur. C'est vrai, je vais de temps à autre voir mon grand-père Francis qui est modéliste. Passionné par les trains en modèles réduits, il a consacré une petite pièce de son appartement pour ses réseaux miniatures.

C'est lorsque je sonne à sa porte que me

revient cette phrase de Charlène, son ton narquois et son air moqueur, un peu comme si regarder défiler les trains miniatures était réservé aux gens stupides.

C'est encore à cela que je réfléchis lorsque mon grand-père m'ouvre la porte. Grand-père est souriant. Non, assurément, il n'est pas stupide. C'est, à mon avis, un homme bon, intelligent et qui sait apprécier la vie.

Oui, mais... regarder les petits trains, c'est réservé aux enfants, pense-t-on, alors que grand-père n'est plus un enfant depuis longtemps !

Je m'avance dans la fameuse pièce où sont installés les réseaux miniatures de grand-père. Tout de suite, mes yeux brillent d'admiration devant une machine à vapeur tractant un wagon, sur une petite voie ferrée bordée d'arbres et de prés.

— Attends-moi un moment, lance mon grand-père Francis.

Il revient au bout d'une minute.

— Regarde ma dernière acquisition : une

locomotive de manœuvre.

Il me présente une petite locomotive reproduite à la perfection, toute verte avec des bandes jaunes. Son gros capot couvre un énorme moteur entouré d'un garde-corps. La petite cabine est garnie de minuscules vitres munies d'essuie-glaces.

Il me fait remarquer la petite plaque signalétique de l'engin comme sur les vrais modèles ainsi que la qualité de tous les détails. Un seul regret : les phares ne s'allument pas. Je contemple, fasciné, ce petit bijou. J'apprends que la machine est surnommée « yo-yo », à cause des multiples allers et retours qu'elle effectue dans les gares.

Puis je regarde de nouveau les trains rouler. Je m'émerveille devant ce monde miniature : les voies ferrées bien entretenues, le champ avec son petit tracteur immobile, le petit chemin bordé d'arbres avec ses deux promeneurs...

Mon grand-père a créé de la beauté, de

l'art, comme il dit... Bien sûr, ce n'est pas le genre d'art que l'on peut voir dans les musées, ce qui est bien dommage… mais peut-être un jour, qui sait ?

Il a créé un tout petit monde à lui, un peu à son image. Et tout cela, il le partage, c'est son talent.

Alors, regarder les petits trains, en être fasciné, oui, bien sûr, cela n'a rien de stupide !

Et d'ailleurs, quand le monde sera trop dur, j'irai encore une fois m'émerveiller devant celui qu'a créé mon grand-père Francis, et cela me fera du bien, beaucoup de bien...

Les orties

Thomas et sa cousine Alice sont dans le jardin bordant la petite rivière qui serpente au milieu de hautes herbes. Derrière eux, en hauteur, on aperçoit le joli chalet où ils passent leurs vacances.

Thomas voudrait bien rejoindre la rivière, mais un énorme massif d'orties l'en empêche. Alors, il décide de prendre un bâton. Il abat furieusement toutes les orties qui lui bouchent le passage, tout en rageant :

— Qu'elles sont bêtes, ces orties !

Les orties se couchent et Thomas commence à avancer. Mais, sans faire attention, en les écartant avec son bâton, il en a touché quelques-unes. Il ressent bientôt les brûlures vives causées par les orties. Sa main droite est pleine de boutons rouges qui le font souffrir.

Tout à coup, il s'arrête, abasourdi.

Alice est là, à quelques mètres de lui, et elle marche tranquillement au milieu des orties ! Elle en cueille même quelques-unes sans se faire piquer !

Le garçon se frotte les yeux. Que se passe-t-il ? Alice est-elle inconsciente ?

Thomas s'écrie :

— Alice, ne touche pas les orties, tu vas te piquer !

La fillette se tourne vers Thomas et lui sourit d'un air malicieux.

— Viens, les orties ne te feront aucun mal. Pour ça, j'ai un truc... magique !

Thomas n'y croit pas trop, mais sa curiosité est la plus forte. Il rejoint Alice en plein milieu du champ d'orties. Devant lui, elle cueille une poignée d'orties sans aucun mal. Médusé, le garçon s'interroge.

— Je ne comprends pas. Comment fais-tu pour ne pas être piquée ?

— J'ai un truc. Approche ta main.

Thomas, réticent, tend un peu le bras. La fillette l'encourage.

— Approche, approche encore !

Puis Alice prend la main gauche de Thomas, celle qui n'a pas été piquée par les orties. Elle souffle longuement sur la main du garçon et déclare :

— Maintenant, tu peux prendre les orties sans être piqué !

— Juste parce que tu as soufflé sur ma main ? Tu te moques de moi ! répond Thomas, mécontent.

— Pas du tout, réplique Alice.

Elle approche alors un brin d'ortie de la main du garçon, le passe et le repasse sur sa main.

— Mais elle ne pique pas, ton ortie, s'exclame Thomas, stupéfait. Dis-moi comment tu as fait ?

Alice se plante devant son cousin, en agitant toujours la touffe d'orties qu'elle tient dans la main. Elle le regarde un instant sans rien dire, puis déclare :

— Tu ne lis pas beaucoup, Thomas... Moi, j'ai appris des tas de choses dans les livres !

— Quel rapport avec les orties ?

— Viens ! dit Alice en prenant le garçon par la main. Je vais t'expliquer.

Et elle l'entraîne vers le chalet.

Alice ouvre une encyclopédie pleine d'illustrations, le livre des questions et des réponses, puis elle dit :

— Maintenant, je vais tout t'expliquer... Tu vois ce dessin : c'est la feuille de l'ortie. Dessus, il y a de minuscules ampoules, fragiles comme du verre. Elles sont en forme de cônes très pointus... Quand tu passes ta main sur ces petites ampoules, elles se cassent et libèrent un liquide qui déclenche des brûlures. C'est comme ça que l'ortie se protège des animaux et des hommes. On la laisse tranquille... Mais l'ortie est aussi très utile, elle peut servir en médecine, comme engrais, ou même comme aliment : on peut la manger en soupe ou comme des épinards.

— D'accord, dit Thomas. Mais ça ne m'explique pas pourquoi...

— Laisse-moi terminer, coupe Alice... Vois-tu, il y a aussi une autre sorte d'ortie, qui n'en est pas vraiment une, et qu'on appelle « ortie blanche » ou « lamier blanc ». Elle ressemble beaucoup à l'ortie qui pique. On peut quand même la différencier au printemps grâce à ses fleurs blanches et aussi à sa tige un peu plus claire...

— J'ai compris ! s'exclame le garçon. Tu m'as fait toucher des orties blanches !

— Exactement ! Et sais-tu que les orties blanches poussent bien souvent au milieu des vraies orties ? Alors, elles n'ont même pas besoin de se fatiguer à fabriquer de petites ampoules avec du liquide qui brûle. On croit que ce sont de vraies orties et tout le monde les laisse tranquilles !

Un peu admiratif, Thomas regarde Alice et puis il murmure :

— Quand je pense que tout à l'heure, j'ai dit que les orties étaient bêtes. Elles sont au contraire très malignes de se défendre comme ça !

Alice se met à rire.

— Oui, c'est toi qui étais bête de dire ça... Non, plutôt ignorant, tu ne crois pas ?

Puis elle conclut :

— Tu vois, rien n'est bête dans la nature, bien au contraire !

La poule de Lucile

C'est une toute petite poule dont prend soin Lucile. Chaque jour, la fillette va au fond du jardin renouveler la provision de graines. Elle place aussi un récipient avec de l'eau bien propre.

La poulette, que Lucile a nommée « Didounette » est très contente qu'on s'occupe si bien d'elle. Elle dispose même d'une minuscule cabane en bois pour s'abriter.

Cependant, ce matin, quand Lucile arrive à la cabane, plus de poule ! Elle cherche partout, fait le tour du jardin, écarte les branches des haies, mais rien !

Le jardin est pourtant bien clos par des haies et du grillage. Didounette n'aurait pas pu partir...

Se serait-elle envolée ? Mais non ! Les poules ne volent pas, tout le monde le sait. Elles peuvent tout au plus s'élever à quelques centimètres du sol en courant très vite et en battant des ailes. Mais ce n'est pas voler, ça !

Alors, qu'est devenue Didounette ?

Lucile cherche partout sans comprendre, puis elle a l'idée de regarder au bas des haies. Peut-être y a-t-il une brèche ?

Effectivement, tout au fond du jardin, il y a comme un petit trou entre les branches basses. Didounette aurait très bien pu passer par là. Pour en avoir le cœur net, Lucile ouvre le portillon au fond du jardin. Il donne sur un chemin ombragé.

Elle n'a pas fait quelques pas qu'elle voit

Didounette dans l'herbe, immobile.

Lucile s'approche, contente.

— Ah ! enfin, je t'ai retrouvée !

Puis, voyant que Didounette ne bouge pas :

— Mais qu'est-ce que tu fais là ? Tu ne couves pas un œuf, toi qui n'es encore qu'une poulette ?

Lucile pousse un peu la poule, mais rien à faire, celle-ci ne veut pas bouger. La fillette la prend alors dans ses mains. Didounette, furieuse, bat des ailes en poussant de petits cris.

Lucile pose Didounette un peu plus loin et murmure :

— Maintenant, je vais voir ce qu'elle couvait.

Dans l'herbe, Lucile aperçoit quelque chose qui brille, mais au moment où elle s'approche pour voir ce que c'est, Didounette, qui est revenue, s'empare de l'objet brillant avec son bec.

Lucile n'a que le temps de l'immobiliser afin de lui reprendre ce qu'elle a pris.

— Oh ! mais c'est une bague !

Elle regarde de plus près le petit bijou doré et s'exclame :

— Mais c'est la jolie petite bague que j'ai perdue l'hiver dernier dans la neige !

Et, heureuse de l'avoir retrouvée, Lucile la glisse à son doigt. Mais il y en a une qui n'est pas contente du tout. C'est Didounette qui tourne autour de l'enfant, en colère. Lucile se penche vers elle.

— Oh ! ma pauvre Didounette, je t'ai pris ta bague... Attends, je vais te consoler.

Lucile ramène la poulette à sa cabane, puis elle court jusqu'à la maison et en ressort presque aussitôt.

Maintenant, Lucile et Didounette sont satisfaites. La fillette est heureuse de contempler sa belle bague retrouvée. Didounette est aussi contente, car elle joue avec une petite bague sans valeur, en plastique, que vient de lui donner Lucile.

Camille

Camille est petite, toute menue, et elle manque souvent en classe parce qu'elle a une maladie, nous a dit notre professeur principal.

Alors, dans la classe, on essaye d'être gentils avec elle, de l'aider pour ses devoirs, de l'aider aussi pour rattraper les cours qu'elle n'a pas pu suivre.

Mais, depuis plus d'une semaine, Camille ne vient plus.

Je suis inquiet. Alors, à la fin des cours, je vais voir madame Billion, notre professeur principal et je lui explique que je veux rendre visite à Camille.

Madame Billion me regarde un instant sans rien dire, puis elle me fait un beau sourire.

— C'est gentil, ce que tu veux faire, Adrien, me dit-elle. Camille appréciera sûrement ta visite.

Elle sort un gros agenda de son sac et recopie sur un papier l'adresse et le téléphone de Camille.

Mais le soir venu, je n'ose pas téléphoner. Je vais sans doute tomber sur ses parents que je ne connais pas. Je décide alors d'attendre le mercredi après-midi pour aller la voir.

Une fois le mercredi arrivé, j'explique à maman ce que je vais faire. Elle pense que c'est une bonne idée. Comme je ne connais pas l'endroit où habite Camille, je repère l'adresse sur le plan de ville que nous avons à la maison.

Je pars après le repas et parcours des rues

que je connais mal, mais sans me perdre.

J'arrive enfin devant l'immeuble où habite Camille. C'est un bâtiment ancien en briques. Je pousse la lourde porte et monte au troisième étage.

Arrivé devant la porte d'entrée, je suis un peu embarrassé. Camille sera-t-elle contente de me voir ? J'hésite un instant, puis je reprends courage et je sonne. Une longue sonnerie retentit et j'entends des pas qui s'approchent. Enfin, une voix de femme un peu inquiète demande à travers la porte :

— Qui est-ce ?

Je réponds que je suis un élève de la classe de Camille et que je viens lui faire une visite. J'entends alors un bruit de verrous que l'on ouvre et me retrouve devant la maman de Camille qui m'accueille avec un grand sourire.

— Viens, me dit-elle, ne fais pas de bruit, car elle se repose dans sa chambre.

Elle passe devant moi et, très doucement, entrouvre la porte d'une pièce.

— Camille ne dort pas, me dit-elle dans un souffle, tu peux entrer.

Je suis ému et j'avance à petits pas. Camille est alitée, elle est très pâle, mais quand elle me voit, un beau sourire éclaire son visage.

— Oh, comme je suis contente ! dit-elle. Je n'aurais jamais cru que tu viendrais !

Puis elle continue à me sourire sans rien dire. Ses yeux brillent de joie. Elle m'invite à m'asseoir près d'elle en me montrant une chaise.

Je m'assois et elle me prend la main, souriant toujours. Je comprends combien je lui fais plaisir ; elle ne doit pas avoir beaucoup de visites. Alors, nous discutons de choses et d'autres, sans ordre, comme elles viennent.

Elle me parle un peu de sa maladie et je vois combien elle est courageuse, car elle ne se plaint pas, puis elle me pose des questions sur la classe, sur ce que nous faisons en ce moment.

Le temps passe bien vite ainsi. Le moment

est venu de partir. Camille me serre très fort la main et, d'une voix très douce, me dit :

— Tu m'as fait très plaisir... Dis, tu reviendras ?

Je lui promets de repasser la semaine prochaine.

En retournant chez moi, je repense à la petite Camille, à son beau sourire, à sa main qui a serré la mienne, et je sens un grand bonheur monter en moi.

Un anneau presque magique

J'habite dans une maison entourée d'un grand jardin avec des arbres immenses. Ma maison, je l'aime bien, car elle est ancienne et pleine de mystères. Par exemple, sous le toit, il y a une petite chambre mansardée abandonnée depuis longtemps.

Puisque j'ai du temps aujourd'hui, je décide d'aller explorer cette pièce d'un peu plus près.

J'entre, tout est sombre. En ouvrant les volets, je découvre une toute petite pièce peinte en bleu avec un lit, une armoire et un petit meuble à tiroirs. Tout est ancien et plein de poussière.

En ouvrant le premier tiroir du petit meuble, j'ai un mouvement de recul et m'exclame : « Oups ! ici, c'est le musée des horreurs ! » J'ai failli mettre la main sur ce qui doit être une patte de souris desséchée ! Dans le fond du tiroir : quelques cadavres d'énormes araignées. Mais sur la gauche, une petite boîte mauve attire mon attention.

Je l'ouvre délicatement et découvre un bijou ancien. C'est un anneau, apparemment en or, avec une petite pierre violette fixée dessus. Au fond de la boîte, je trouve une feuille de papier jauni pliée en quatre. Je déplie la feuille et lis ces quelques mots étranges : *Anneau de Gygès à réparer.*

Qu'est-ce que ça veut bien pouvoir dire ? L'anneau a l'air ancien, mais en bon état.

C'est peut-être la petite pierre qui ne tient pas puisque c'est marqué « *à réparer* ». Je n'ose pas trop forcer dessus...

Je cours dans le salon consulter le gros dictionnaire encyclopédique de papa et voici ce que je trouve :

Dans la Grèce antique, on raconte que Gygès, un berger, avait trouvé un anneau. En jouant avec l'anneau autour de son doigt, il remarqua qu'il devenait invisible lorsqu'il tournait le chaton en dedans. Grâce à l'anneau, il séduisit la reine de Lydie et tua le roi afin de prendre son trône.

Un chaton ? Qu'est-ce qu'il vient faire dans cette histoire ? J'ouvre le dictionnaire et j'apprends qu'un chaton, ce n'est pas seulement un jeune chat, mais que c'est aussi la partie d'une bague qui supporte la pierre.

Sachant tout cela, je n'ose pas essayer tout de suite l'anneau... J'ai un peu peur. Si cette légende était vraie ? S'il s'agissait d'un véritable anneau de Gygès ?

Je tourne en rond un bon moment,

descends dans le jardin faire un tour, l'anneau à la main, puis je remonte dans ma chambre et me décide. Je glisse l'anneau sur l'un des doigts de ma main droite, l'annulaire. Même s'il est un peu grand pour moi, il tient. Je tremble un peu et mon cœur bat bien fort lorsque je commence à tourner lentement le chaton vers l'intérieur.

Rien ne se produit apparemment, mais hop ! exactement au moment où le chaton disparaît sous mon doigt, je disparais à mon tour !

Plus d'anneau, plus de main, plus de corps ! Enfin si, mon corps est là, je peux toucher les choses comme avant, mais je suis invisible. Je prends la tirelire posée sur mon bureau. Elle reste visible, comme tous les autres objets que je touche d'ailleurs. C'est curieux de voir cette tirelire se balader toute seule en l'air quand je la soulève. Ma tirelire à la main, je file devant le miroir que papa a collé sur la porte du couloir. Je fais alors danser la petite tirelire qui flotte devant moi : je suis vraiment invisible !

Je m'amuse à apparaître et à disparaître plusieurs fois en tournant l'anneau. Je reste ébahi et n'ai qu'une envie : montrer tout cela à mes parents ce soir. Mais après avoir réfléchi, je décide de repousser ce moment. On ne me laissera certainement pas l'anneau magique, alors autant en profiter un peu d'abord avant de leur dire, d'autant plus que j'ai une petite idée pour demain au collège.

Le lendemain matin, à neuf heures, j'ai cours de maths avec madame Gost. Elle nous terrifie ! Elle me fait souvent penser à une ogresse, à un monstre qui fait régner la terreur dans notre classe de 6e 2. Elle hurle, rugit, tire des cheveux, donne des coups à droite et à gauche avec sa grande règle en plastique jaune.

À 9 h 55, c'est la récréation. Je file aux toilettes, sors l'anneau de ma poche, tourne le chaton. Je quitte alors les toilettes, invisible. J'avance dans le grand couloir du premier étage. Je me glisse juste derrière un prof et rentre derrière lui en salle des professeurs. Ni vu ni connu, mais il m'a quand même donné un coup de coude dans les côtes en voulant fermer la porte, car si je suis invisible, je reste bien moi-même, en chair et en os. Mon corps tient la même place ! D'ailleurs, le prof s'est retourné, croyant avoir buté sur quelque chose, mais bien sûr, il n'a rien vu.

Me voilà dans la place ! Je me glisse dans un coin de la salle des profs, derrière une table. Là au moins, personne ne pourra me bousculer. Tiens, pas loin devant moi, j'aperçois madame Gost qui aboie devant un petit groupe :

— Ces petits morveux de 6e 2, je sais les mater, moi, et vite fait !

Monsieur le principal est juste derrière elle, mais il ne fait pas partie du petit groupe. C'est un homme de petite taille, qui porte une barbe noire et des lunettes. Il a l'air d'un minus à côté de la Gost. Il s'approche pourtant de la prof de maths et lui pose la main sur l'épaule.

— Du calme, Madame Gost, ce ne sont pas des morveux, ce sont nos élèves ! Ils sont toujours éducables, vous êtes enseignante, ne l'oubliez pas !

Je commence à me dire que notre principal est beaucoup mieux que ce que je pensais. Au moins, il est courageux.

La mégère s'est retournée et saisit avec force le bras du principal.

— Bas les pattes ! Je dirai ce que j'ai envie de dire ! Je répète que ce sont de sales morveux !

En entendant ça, je m'approche de madame Gost et lui donne un bon coup de talon sur la pointe de son pied gauche. Ça lui apprendra à dire des choses pareilles ! Puis je rejoins vite ma place.

— Aouh ! mon pied, hurle-t-elle en se tournant, toute rouge, vers sa voisine de gauche. Vous pourriez faire attention !

— Ça alors, je n'ai rien fait ! répond la voisine, vexée.

Mais rien ne calme madame Gost ! La

voilà qui repart de plus belle sur notre classe. Et en plus, elle parle de moi maintenant !

— Et ce petit Benoît de 6ᵉ 2, il ne travaille pas, il a un poil dans la main comme ça, je vous dis !

Elle fait le geste de tirer un gros poil invisible de sa main. Et la voilà qui continue :

— J'ajouterai même que c'est un sale morveux, même si ça ne plaît pas à notre principal !

Là, je ne supporte plus ! Je me précipite et lui donne un terrible coup de pied au derrière. Ça lui apprendra à cette mégère !

Elle bondit comme si cinquante kilos de dynamite venaient d'exploser dans son dos. Elle se retourne sauvagement et voit monsieur le principal juste derrière elle. Croyant que c'est lui le coupable, elle lui bondit dessus en rugissant comme un tigre.

— Waaahhhrrr !

Sans demander son reste, le principal s'enfuit à toute vitesse devant la furie et quitte la salle des profs. Elle le suit, et moi aussi.

Dans le couloir, elle arrive à l'attraper. Elle l'agrippe et, devant des élèves stupéfaits qui sont là, lui botte le derrière en rugissant.

— Espèce de brute ! M'attaquer ainsi par-derrière !

Le malheureux principal essaye de s'expliquer tout en se protégeant.

— Il y a malentendu, Madame Gost, il y a malentendu, je n'y suis pour rien !

La furie ne veut rien savoir. Elle est rouge, elle transpire et elle ne s'arrête que lorsqu'elle n'en peut plus.

Mais voilà qu'une chose curieuse se produit... Que se passe-t-il ? Je regarde mes bras : ils sont devenus à moitié transparents comme si j'étais devenu à moitié invisible. Vite ! Je tourne un peu le chaton de l'anneau, mais rien ne change. Je dois avoir l'air d'un fantôme !

La mégère s'est retournée vers moi. Je l'entends grogner, l'air interrogateur, puis elle rugit en me fonçant dessus.

Ouf ! En tournant au moins pour la troisième fois l'anneau, je redeviens invisible et m'enfuis sans demander mon reste. Tout ça s'est passé tellement vite que je crois que personne n'a eu le temps de me reconnaître, ou même de comprendre ce qui se passe.

À l'abri dans les toilettes, je comprends enfin le sens de la phrase : *Anneau de Gygès à réparer.* Oui, anneau à réparer ! Parce qu'il n'est pas fiable et qu'on ne reste pas toujours invisible...

Le lendemain, je continue à me servir de l'anneau. C'est plus fort que moi, je suis comme envoûté par cet anneau !

Après le repas de midi, invisible, je suis allé voir au foyer Carole, une fille de la classe de 6ᵉ 3. Elle est assise et lit. Je m'approche et la trouve si jolie, avec son petit nez, ses longs cils noirs. Je me rapproche encore, je suis tout près de sa joue et là, je ne peux m'empêcher de lui déposer un petit baiser. Elle fait la moue et s'essuie la joue avec la main comme si un insecte l'embêtait.

Quelques jours sont passés et je n'ai pas pu

m'empêcher de faire plusieurs bêtises en profitant de mon invisibilité, comme prendre les bonbons de Lucas pour les manger tout seul...

Je ne suis pas fier de moi, pas du tout !... Alors, j'ai rangé l'anneau dans un tiroir, mais je suis sans cesse tenté de le reprendre.

Je pensais posséder un pouvoir, mais j'ai l'impression que c'est moi qui suis possédé par le pouvoir de l'anneau !

Personne n'est au courant. J'ai souvent pensé à en parler à mes parents, à mes copains, à Carole, mais quelque chose me retient... Peut-être la honte...

Même Carole ne me regarde plus comme avant, comme si j'étais devenu bizarre... Oui, c'est ça, ils me regardent un peu tous comme si j'étais devenu différent, étrange.

Après tout, je me dis qu'ils n'ont pas tort... Moi aussi, je me sens différent, je ne suis plus vraiment le même qu'avant.

Ce matin, je me dis que ça fait huit jours maintenant que j'ai découvert l'anneau. Si je veux être sincère, le bilan est simple : je n'ai plus de vraies relations avec mes copains, avec mes parents, et je ne suis pas arrivé à me retenir de faire des bêtises, tout ça à cause de l'anneau !

Je voudrais redevenir comme avant ! Mais comment faire ?

Brusquement, une idée me vient à l'esprit, très simple, et elle a l'avantage de tout régler.

Je remets l'anneau au doigt, mais en restant visible. Puis je dévale les escaliers et me retrouve dehors. Je marche dans la rue et longe la rivière bordée de grands arbres. Les feuilles vert clair se balancent doucement dans la brise tiède. Juste en dessous, la rivière roule ses eaux sombres.

Je retire mon anneau et le lance dans l'eau. Il y a bref éclair jaune sous un rayon de soleil puis une petite chose insignifiante qui tombe dans l'eau grise.

Rien de plus... L'anneau a disparu.

Ouf ! Je suis soulagé...

Je bouge mes doigts, ils sont maintenant

libres, tout comme moi. J'avance gaiement, les mains dans les poches.

Je respire profondément l'air frais, je me sens bien maintenant.

De retour à la maison, je reprends le gros dictionnaire de papa et je lis en détail tout ce qui concerne l'anneau de Gygès. Une phrase attire mon attention :

Si quelqu'un pouvait posséder l'anneau de Gygès, il lui serait sans doute impossible de rester bon et honnête !

Je lève les yeux du livre et murmure : « Maintenant, je peux dire que c'est vrai ! »

Entrée en classe de sixième

Frank avait toujours été premier de sa classe. À l'école primaire, il récoltait souvent les meilleures notes. Les autres élèves le savaient et n'en éprouvaient aucune jalousie. C'était comme ça, Frank avait toujours été le premier, il serait toujours le premier. C'était dans l'ordre des choses.

Mais en classe de sixième, les choses se

gâtent pour Frank. Il n'est plus aussi sûr de lui, il se trompe dans ses explications ou même ses devoirs. Ses notes baissent et ses camarades de classe le regardent avec étonnement. C'est pourtant bien le même Frank, toujours aussi appliqué, attentif et travailleur.

Qu'est-ce qui a donc changé ? On a d'abord pensé que ses difficultés venaient du passage en sixième. L'an dernier, il n'y avait qu'un seul professeur des écoles qui enseignait pratiquement toutes les matières. Cette année, quel changement avec une dizaine de professeurs, chacun enseignant une matière particulière ! Voilà ce qui avait sans doute perturbé Frank.

Mais une fois les premiers mois d'adaptation passés, Frank continue à avoir des difficultés. Il peine toujours en classe. Ses notes ne sont pas vraiment mauvaises, mais à peine moyennes.

Son professeur principal, madame Gilbert, le prend à part et s'informe. Elle apprend que Frank continue à étudier comme l'an dernier.

Le soir, il apprend ses leçons et fait les exercices demandés. Pourtant, madame Gilbert découvre quelque chose qui ne va pas : Frank apprend trop souvent par cœur sans beaucoup réfléchir. Cela pouvait suffire à l'école primaire, mais plus maintenant. Elle le lui explique calmement, puis conclut :

— Tu as compris ce que je veux te dire ?

— Je crois... Je vais essayer de moins apprendre par cœur et de plus réfléchir...

Frank abandonne les vieilles méthodes du passé pour en acquérir de nouvelles. C'est dur, d'autant plus que les anciennes méthodes avaient bien fonctionné pour lui.

Mais Frank comprend qu'il doit s'adapter à son nouvel environnement. Courageusement, il s'efforce de changer, apprend à réfléchir avant de faire un exercice, ne se contente pas de répéter comme un perroquet ce qu'il a appris...

Et très vite, Frank reprend son ancienne place parmi les meilleurs.

Aujourd'hui, en fin de classe, madame

Gilbert le prend à part ; elle l'accueille avec un beau sourire.

— Je suis très contente de tes progrès ! Et en plus, tu as appris aussi quelque chose qui te servira toute ta vie.

— Quoi ? demande Frank.

— Une chose qui est très précieuse dans la vie : savoir changer et s'adapter avec souplesse à de nouvelles circonstances...

Jeanne et Coco

Dans ma vie de chien, qu'est-ce qui est le plus important ? C'est ma gamelle qu'on remplit deux fois par jour avec de la soupe pleine de bonnes choses...

C'est Jeanne qui prépare et apporte ma soupe. Jeanne, c'est ma petite maîtresse qui a onze ans et moi, je suis son petit chien Coco.

D'ailleurs, c'est l'heure de ma soupe, car j'entends Jeanne qui appelle :

— Coco, voilà la bonne soupe !

Moi, je tourne autour d'elle en remuant la queue. Alors, Jeanne me caresse et me dit :

— Mange Coco !

Mais avant de manger, je goûte un peu et j'attends en tournant autour de ma gamelle. Jeanne n'a jamais compris pourquoi je ne mange pas tout de suite. Mais c'est parce qu'elle est trop chaude ma soupe ! Nous autres, les chiens, il nous faut une soupe à peine chaude, surtout pas brûlante ! avec des choses dures pour faire travailler nos dents.

Je ne sais pas si la petite Jeanne comprendra ça un jour.

Une fois ma gamelle finie, Jeanne me dit :

— Coco, maintenant, on va au pipi-parc !

Le pipi-parc, c'est un petit coin entouré d'une barrière. À l'entrée, on trouve un panneau avec une tête de chien.

Je la suis bien volontiers. Jeanne accroche ma laisse à mon collier, car il faut que je sois toujours attaché lorsqu'on sort du jardin.

Le pipi-parc, c'est un endroit important dans ma vie de chien. J'y vais à peu près deux fois par jour. Jeanne m'a expliqué plusieurs fois que c'est là que les chiens bien élevés du quartier doivent se retrouver pour faire leurs besoins et ne pas salir les rues.

Moi, je suis bien d'accord avec ce que dit Jeanne, mais quand j'arrive à la maison qui est au coin de la rue, je m'arrête et commence à faire un tout petit pipi.

Jeanne fronce les sourcils, elle est furieuse :

— Coco, avance, le pipi-parc est plus loin !

Et elle me tire très fort par ma laisse.

Jeanne, ma petite maîtresse, est très gentille, mais elle ne comprend pas tout. Comment lui expliquer que, si je m'arrête au coin de la maison, toujours au même endroit, c'est pour laisser une trace ! Tous les chiens du quartier sauront que je suis passé ici, que c'est mon territoire. C'est un peu un message...

Mais ça, Jeanne ne l'a pas compris et elle tire encore plus fort sur la laisse, mécontente.

Plus tard, de retour dans le jardin de notre

maison, bien installé devant ma niche, je laisse mes idées trotter dans ma tête, et je réfléchis à ma vie de chien !

Voilà le résultat de mes réflexions ! Le plus important dans ma vie de chien, c'est d'abord ma soupe, ensuite le pipi-parc...

Mais non, qu'est-ce que je dis ? J'oublie quelqu'un de très important : c'est Jeanne, ma petite maîtresse que j'adore !

Je reprends donc...

Le plus important dans ma vie de chien : c'est d'abord ma soupe, ensuite Jeanne, et enfin le pipi-parc.

Le mystère des pièces de monnaie

C'est un jour tout à fait ordinaire. Je sors de mon collège et, pour rentrer chez moi, je dois passer devant une école primaire. Je regarde les enfants en sortir bruyamment en fin d'après-midi.

Et voilà que quelque chose d'étrange se produit : un enfant se baisse en criant et ramasse une pièce de monnaie juste devant la sortie de l'école.

Jusque-là, rien de bien étonnant. Mais lorsqu'un deuxième enfant, bientôt suivi d'un troisième, se penche à terre en faisant la même trouvaille, je m'arrête de marcher et je regarde.

Je me dis : « Sans doute quelqu'un qui a perdu son porte-monnaie ! » Au total, c'est plus d'une douzaine de bambins triomphants qui ont ramassé des pièces.

J'oublie vite cette scène amusante. Mais quelques jours plus tard, en repassant dans la même rue, même spectacle ! Des enfants sortent de l'école et ramassent en criant quelques pièces de monnaie. Le phénomène m'intrigue et je décide de repasser le lendemain dans la même rue, à la même heure.

Finalement, je me rends compte que c'est assez souvent que la même scène se reproduit, peut-être même plusieurs fois par semaine.

Mais qui s'amuse donc à semer ces pièces de monnaie ? Et dans quel but ? Je me dis qu'il me faut résoudre ce mystère !

Pour en avoir le cœur net, comme mes horaires de collège me le permettent, je décide de venir une bonne demi-heure avant la sortie de l'école primaire et d'observer ce qui se passe.

Je m'assieds près de l'école sur un muret qui borde une haie. Je sors un livre. J'ai peut-être l'air absorbé par ma lecture, mais je ne perds rien de ce qui se passe dans la rue.

J'attends quelque temps et voilà que, devant la sortie de l'école, un homme âgé avance lentement.

Je le vois se retourner et jeter un coup d'œil rapide en arrière.

Ensuite, très discrètement, il sort la main gauche de sa poche, très vite ! De ses doigts s'échappent quelques pièces !

Il recommence deux ou trois fois son manège sur quelques mètres puis s'éloigne et disparaît au coin de la rue voisine.

Je reste éberlué. Pourquoi fait-il ça ?

Est-ce un fou ? Un maniaque ?

Je décide alors de rester à la même place jusqu'à la sortie de l'école, dans quelques minutes. Mais voilà que le vieil homme réapparaît au bout de la même rue sur l'autre trottoir, là où je suis.

Il se rapproche de moi. Je baisse la tête sur mon livre tout en ne le perdant pas de l'œil.

Le voilà maintenant qui bifurque vers un petit square qui se trouve presque en face de l'école. Là, mon homme s'assoit sur un banc.

J'ai compris ! Il vient au spectacle !

Et d'ailleurs, le spectacle commence aussitôt ! Les enfants crient, cherchent, se baissent et ramassent des pièces.

Quelques minutes plus tard, la rue retrouve son calme accoutumé. Le vieil homme n'a pas bougé.

Qui est cet individu ?

Je voudrais bien être fixé. Mais voilà que l'homme se lève et repart dans ma direction. C'est le moment de le voir de plus près !

Je me lève, prends un air dégagé, mon livre à la main, et me dirige vers lui. Peu avant de le croiser, je l'examine. Rien de particulier, un visage âgé encadré par une barbe. Un air simple, une démarche assurée, rien d'un fou manifestement...

Mais lorsque je me rapproche et le vois de plus près, je comprends tout de suite...

Son visage est bon, souriant. Ses yeux brillent, joyeux. En le voyant ainsi, immédiatement, une idée me vient en tête, une certitude, je comprends !

Comprendre quoi ? me direz-vous.

Eh bien, tout simplement que ce vieil homme avait trouvé ce moyen pour répandre un peu de joie dans cette rue grise, pour donner un peu de bonheur aux gamins...

Voilà sans doute pourquoi, quand mes pieds butent sur une petite pièce qui brille, je ne la ramasse pas !

Vol pour Édimbourg

Un petit avion bimoteur est pris dans la tempête, la pluie abondante et les nuages gris. Un des moteurs de l'avion est en feu et un énorme panache de fumée noire s'en échappe. Comment le pilote et les quelques passagers vont-ils en réchapper ? Cela semble impossible et pourtant, on ne peut qu'admirer le sang-froid du pilote.

Le drame dure déjà depuis un bon moment et l'on peut voir toutes sortes de réactions parmi les passagers devant l'imminence de la mort. Certains, qu'on pouvait croire faibles, sont en réalité énergiques, s'oubliant pour aider les autres. Au contraire, d'autres, qui paraissaient courageux, cèdent à la panique et à l'égoïsme. D'autres, enfin, semblent s'apercevoir de la futilité de leur existence passée, face au danger de mort qui les menace. Bref, les gens sont vrais avec eux-mêmes quand ils voient la mort de tout près !

Soudainement, un morceau de l'aile droite de l'appareil vient de se détacher. La catastrophe semble inévitable...

Et pourtant, peu à peu, le pilote parvient tant bien que mal à manœuvrer son avion.

Enfin, le pilote réussit à poser l'appareil sur un petit aérodrome en pleine campagne. Les passagers sortent, exténués, mais heureux, du petit avion.

Coralie se détend sur son fauteuil. Le film, qu'elle regarde à la télévision, se termine. Elle est encore tout émue, car elle vient de vivre au même rythme que les passagers de l'avion.

Le grand frère de Coralie, qui vient de rentrer dans la pièce, a assisté aux dernières minutes du film. Il s'adresse à sa sœur, moqueur :

— Toujours les mêmes, ces films-catastrophes, le héros a réussi à sauver tout le monde !

— Non, ce n'est pas vrai, ce que tu dis ! réplique Coralie.

— Si, toujours les mêmes ! Qu'est-ce que ça change, qu'il s'agisse d'un train qui déraille, d'un accident d'avion ou de bateau, ou encore d'un tremblement de terre ? Moi, je vais te le dire : ce genre de film est fait pour les gens qui ne réfléchissent pas, qui veulent simplement des émotions !

Il sort en claquant la porte. Coralie se lève, en colère, et pense : « C'est injuste ce qu'il dit ! »

Quelques années sont passées. Aujourd'hui, Coralie est toute seule dans sa petite chambre universitaire. Avec le temps, elle a appris à dire, comme son frère, comme beaucoup de ses amis qui l'entourent : « Les films-catastrophes, c'est pour ceux qui ne réfléchissent pas, qui veulent simplement des émotions ! » Elle ne regarde plus ce genre de film depuis longtemps...

Coralie s'approche de la fenêtre, le ciel est gris, la pluie crépite sur les arbres du campus. Encore un week-end à rester enfermée ! Elle se tourne alors vers son minuscule téléviseur posé au bout de son bureau. Elle s'allonge sur son lit et saisit sa télécommande. Elle passe d'une émission à l'autre quand une image l'accroche : un petit avion bimoteur pris dans une tempête terrible.

L'un des moteurs est en feu et un énorme panache de fumée noire s'en échappe. D'un seul coup, Coralie se retrouve plusieurs années en arrière. Elle se souvient avec plaisir de ce film. Tout y est, le sang-froid du pilote et les réactions contrastées des passagers devant une mort imminente : les durs qui se révèlent être des lâches, les faibles qui se révèlent forts, et enfin ceux qui se rendent compte de la futilité de leur vie et de la vanité des buts qu'ils ont poursuivis...

Une fois le film terminé, Coralie appuie sur le bouton de sa télécommande et arrête le téléviseur. Elle réfléchit, comme elle ne l'a pas fait depuis longtemps, sur sa vie...

Comme les passagers, elle pense à l'heure de sa mort qui peut survenir brusquement. Arrivée à ce moment, qu'aimerait-elle avoir fait de sa vie ?

Développer mon talent, bien me conduire, aimer et apporter un peu de réconfort aux autres, c'est ça l'important, se dit la jeune fille...

Puis Coralie pense à rectifier certaines choses, à explorer de nouvelles directions...

Enfin, elle se dit :

« Je ne dirai plus que ce type de film n'apporte rien et que c'est réservé aux gens qui ne réfléchissent pas ! »

Coralie se lève, les yeux brillants et résolus. Elle décide :

— Maintenant, je réfléchirai par moi-même et j'apprendrai à voir le monde de mes propres yeux, même si d'autres pensent le contraire !

Le balai magique

Maman flâne dans la foire sans rechercher rien de bien précis. Je reste à côté d'elle ainsi qu'elle me l'a recommandé.

Il y a là des commerçants de toutes sortes et l'on peut pratiquement tout acheter, du canapé à la voiture. Mais le plus intéressant aujourd'hui se trouve dans de petites allées particulièrement fréquentées. On y trouve quantité de bonimenteurs. L'un vend la poêle miracle, l'autre des couteaux qui s'aiguisent

tout seuls, le suivant, un hachoir révolutionnaire pour fines herbes.

J'observe ce dernier, il a l'air triste avec
son petit appareil en plastique à la main. Personne n'est intéressé. Mais, même s'il n'a
rien vendu, la place qu'il a louée sera au
même prix.

Quelques mètres plus loin, un commerçant
semble faire recette. Tout un groupe est mas-
sé devant lui. Il vend un balai-serpillière, un
nouveau modèle muni d'une poignée et d'un
système ingénieux de rouleaux en éponge.

Maman s'arrête, intéressée.

Quand j'arrive, il étale abondamment sur le
sol plastique de l'huile épaisse, du sirop, du
jus d'orange, de la sauce tomate et de la
crème de marrons. Ce mélange gluant est
ignoble.

— Eh oui, ça arrive de temps en temps
dans une cuisine ! dit-il.

— Berk ! Mais c'est dégoûtant ! crie une
grosse dame à côté de moi, très énervée.

Moi, j'ai plutôt envie de rire.

L'homme nous présente alors un vieux modèle de balai-serpillière. Il le lève bien haut :

— Regardez, c'est le genre de modèle que
vous avez chez vous, n'est-ce pas ?

Il essaye de nettoyer avec son instrument
minable. C'est encore plus sale qu'avant. La
mixture s'étale et forme comme un gros tas
de vomi !

En voyant cela, la grosse dame à côté de
moi devient toute rouge, comme si elle allait
exploser.

— Mais avec ce que je vous propose, avec
mon balai magique, vous allez voir, poursuit
le vendeur !

Il se saisit de son beau balai rutilant, le
passe et le repasse sur la tache comme si de
rien n'était. En moins de trois secondes, tout
disparaît. Le sol devient impeccable !

Tel un héros, il brandit triomphalement son
balai miracle.

Tout le monde applaudit ! Je trouve ça bien
normal. Notre bonhomme nous a prouvé que
son produit était fantastique.

Avant de nous annoncer le prix de sa merveille, il dévoile l'ingénieux mécanisme du balai avec ses rouleaux en éponge spéciale et une poignée de nettoyage. Puis il nous énumère tous les cadeaux que nous aurons en plus : une recharge de rouleaux en éponge, un grattoir qui s'adapte sur le balai et même un seau, pas n'importe quel seau, encore une merveille, avec un double compartiment, l'un pour l'eau propre, l'autre pour l'eau sale.

Enfin, le prix est révélé : un prix modeste en somme, surtout pour un instrument si révolutionnaire.

Je saisis la main de maman :

— Il faut absolument que tu l'achètes !

— Oui, tu as raison !

Bref, convaincus comme la plupart des gens présents, nous passons à la caisse et nous repartons avec un seau et un balai à la main.

Le lendemain matin, maman essaye le balai miracle. Je regarde de près.

Maman trempe le balai dans le seau qui contient de l'eau chaude. Elle l'essore avec la poignée spéciale et frotte le carrelage.

— Comme c'est merveilleux ! dit-elle. Plus une seule saleté ! Comme tout brille !

J'essaye à mon tour et je suis satisfait.

Puis maman reprend le balai, elle frotte et frotte encore. Je crois qu'elle a envie de nettoyer toute la maison.

Et puis, crac !

Le beau balai s'est cassé, juste à l'endroit de l'ingénieux mécanisme des rouleaux en éponge...

Je regarde avec maman de plus près : c'est une grosse pièce en plastique qui vient de lâcher, et ce n'est pas réparable !

Maman, un peu mécontente, reprend son ancien balai-serpillière et termine son travail.

Moi, de mon côté, je regarde un instant le balai cassé et je me dis que le miracle a bien peu duré. Je prends alors le balai inutilisable et le dépose sur le balcon de la cuisine.

Voilà toute l'histoire d'un balai qui n'était pas si magique que ça !

Tom et son aquarium

Comme tous les soirs quand il rentre de l'école, Tom actionne l'interrupteur et l'aquarium s'illumine. Il contemple les poissons de toutes sortes qui vont et viennent dans l'eau claire. Il regarde les rochers posés sur le fond, les algues vertes qui s'agitent sous les remous, le jet de petites bulles qui s'échappent du sol, derrière quelques galets.

Tom observe son aquarium un long moment, il est heureux et calme. C'est lui qui a créé ce petit monde aquatique. Patiemment, il a réalisé peu à peu son rêve. Économisant son argent de poche, il a d'abord acheté l'aquarium vide. Il n'est pas immense, plutôt petit même, mais cela lui suffit, et puis un gros aquarium était beaucoup trop cher.

Il a ensuite acheté le décor et disposé comme un artiste le sable, les rochers et les plantes. Il a recommencé plusieurs fois jusqu'à en être pleinement satisfait : ici, un morceau d'ardoise grise, plus loin, quelques gros éclats de marbre rose. Il a aussi habilement disposé quelques plantes d'eau douce.

Enfin, peu à peu, il a acheté quelques poissons dont il a appris les noms étranges : des néons cardynalis, petits et vifs, lumineux en haut et rouges en bas, des barbus cerise, rouges avec une ligne brunâtre les traversant tout le long du corps, des barbus rayés...

Ce soir-là, comme chaque fois, le spectacle est merveilleux : les algues s'agitent, les bulles d'air s'élèvent, les poissons nagent et virevoltent. Petit monde à part, magique, unique, qu'il a créé, exactement comme il le voulait.

Tout à l'heure, un copain de classe doit passer : Ronald. Il n'est pas venu depuis longtemps. Tom ne lui a pas encore montré son aquarium.

Lorsque la sonnerie de la porte d'entrée retentit, Tom se précipite et ouvre. Ronald est là. Tom le fait entrer dans sa chambre.

Ronald s'avance et repère l'aquarium de suite.

— Tiens, c'est nouveau, ça !

Après avoir jeté un regard rapide et distrait sur l'aquarium, Ronald raconte :

— L'autre jour, j'étais chez des amis. Il y avait un aquarium magnifique, immense, qui tenait presque le quart de la pièce. Extraordinaire ! Une quantité de poissons incroyable. C'est un aquarium énorme, rien à voir avec le tien !

Tom baisse les yeux et ne sait pas quoi répondre. Il écoute les explications de Ronald qui décrit avec de grands gestes l'immense aquarium qu'il a pu voir.

Maintenant, Tom a presque honte de son aquarium, si petit, si ordinaire comparé à celui qu'on lui décrit, splendide.

C'est avec soulagement qu'il raccompagne Ronald à la porte peu de temps après.

Tom est triste. C'est avec la gorge serrée qu'il rentre dans sa chambre, seul, et retrouve son aquarium illuminé. Il s'approche et le regarde : son aquarium n'est plus le même. Il l'observe avec des yeux nouveaux.

C'est un petit aquarium bon marché posé sur un meuble étroit. Il est petit, trop petit, et comporte trop peu de plantes, trop peu de rochers, trop peu de poissons...

Triste, le cœur serré, Tom actionne le petit interrupteur et l'aquarium s'éteint.

Maintenant, quand il rentre le soir, il ne s'approche plus aussi souvent de son aquarium. Il l'oublie peu à peu. Les vitres commencent à se couvrir de petites algues vertes qu'il n'a pas pris le soin d'enlever avec la raclette.

Ce samedi, Tom est allé chez sa grand-mère qui vit dans une petite maison entourée de beaux rosiers. Il aime la voir de temps à autre. Il aime aussi retrouver l'atmosphère calme de la vieille maison, le charme du jardin.

Tout est d'un autre âge, les meubles, les lampes, les ustensiles familiers, la radio... jusqu'au robinet d'eau froide que Tom actionne en ce moment afin de remplir un bol pour laver des fraises. C'est un curieux robinet qui doit être très ancien. On l'ouvre en tournant la partie haute composée de quatre petites branches. Au centre, il y a une pastille de faïence blanche sur laquelle est inscrit « Froid ».

— Ferme bien le robinet, tu sais qu'il goutte ! lance sa grand-mère.

— Oui, je sais, répond Tom.

Effectivement, il faut forcer un peu pour fermer, sinon le vieux robinet laisse tomber pendant des heures de petites gouttes les unes après les autres. C'est du gaspillage, lui a expliqué sa grand-mère.

Tom vient de poser le bol sur la table.

— Dis mamie, pourquoi ne changes-tu pas ton robinet ? Il est tellement vieux !

— Et pourquoi le changer, Tom ? Parce qu'il est vieux, parce qu'il n'est pas parfait ? Tout ce qu'il y a dans cette maison est ancien et je m'y suis habituée. Crois-tu que je serais plus heureuse si je remplaçais tout ce qu'il y a autour de moi par du neuf ? Non, je ne le crois pas !

De retour chez lui, Tom a allumé son aquarium et brusquement, quelque chose est arrivé en lui, quelque chose de très clair, comme cette lumière qui illumine l'eau transparente devant lui.

Sa grand-mère est contente de ce qu'elle possède et Tom sait parfaitement que si elle avait un nouveau robinet, une nouvelle radio... elle n'en serait pas pour autant plus heureuse. C'est vrai, c'est elle-même qui l'a dit !

Ce n'est pas parce qu'on aura plus grand,

plus gros, plus neuf, plus cher qu'on en sera plus heureux ! C'est comme s'il entendait sa grand-mère le lui dire. En tout cas, c'est ça qu'elle a essayé de lui faire comprendre tout à l'heure, il en est sûr.

De nouveau, Tom s'installe devant la vitre de son aquarium, l'air réjoui. Non, maintenant plus personne ne pourra lui enlever la joie d'aimer ce petit monde aquatique, car c'est lui qui l'a créé, qui l'a installé peu à peu en économisant...

Finalement, Tom est doublement heureux, d'abord parce qu'il a retrouvé son bel aquarium, et ensuite parce qu'il a compris comment ne plus se laisser confisquer son bonheur.

Mon papa à roulettes

Un jour, il n'y a pas si longtemps, papa est parti, sans explication...

Maman n'a pas su quoi me dire sur le moment, mais le lendemain, elle s'est accroupie devant moi, m'a pris par les épaules et m'a parlé :

— Tu es grand maintenant, tu peux comprendre : papa est parti...

— Il reviendra quand, maman ?

— Je ne sais pas, mon petit.

À ce moment, elle m'a serré bien fort dans ses bras. Je crois bien qu'elle pleurait.

Les jours ont passé et moi aussi, je suis triste, comme maman, mais je ne pleure pas. Mes yeux restent secs. Je ris moins aussi, même si de temps en temps, j'éclate de rire pour pas grand-chose.

Cependant, quand le soir arrive, je suis bien plus triste, surtout lorsque maman me laisse seul après m'avoir souhaité une bonne nuit.

Dans l'obscurité, ce soir-là, je réfléchis encore et encore.

Que s'est-il passé ? Pourquoi papa est-il parti ? Il m'a oublié, moi aussi. Je ne compte plus !

Je retourne toutes ces questions dans ma tête sans trouver de réponses. Pourtant, je me souviens de quelque chose. C'était il y a quelques jours. Maman était très en colère et avait dit à papa :

— Eh bien pars, si nous, on ne compte plus !

Papa n'avait rien répondu, mais maintenant il était parti. Où ? Pour faire quoi ?

Le lendemain, je vais dans le petit atelier qui est au fond du garage, au bout du jardin. Cet atelier que papa a installé lui a permis de fabriquer toutes sortes de petits objets en bois et même des meubles. Il m'a déjà montré beaucoup de choses. Je sais me servir d'une petite scie, d'une râpe. Je sais aussi coller des morceaux de bois ensemble et même les visser.

En revoyant le petit atelier abandonné, mon cœur se serre en pensant que papa n'y reviendra plus. Je reste un bon moment là, sans rien faire, immobile, à regarder les outils, les planchettes, les copeaux et la sciure qui traînent un peu partout.

Une grosse larme coule sur mes joues en revoyant ce que papa a préparé exprès pour moi : une petite planche avec quatre roulettes.

À quoi devait-elle servir ? Je n'en sais rien. Ce devait être une surprise, m'avait répondu papa.

Je prends la planche à roulettes et la regarde de tous côtés. Non, je ne peux pas comprendre à quoi elle pourrait servir.

Et je ne le saurai jamais puisque papa est parti !

À cet instant, mes larmes coulent pour de bon. C'est un torrent de larmes ! Je ne peux plus les arrêter ! Alors, dans le petit atelier, je les laisse couler longtemps, longtemps... C'est comme si quelque chose qu'on avait enfermé trop longtemps pouvait sortir enfin.

Durant des jours et des jours, la vie a continué ainsi, sans papa, je ne sais plus combien de temps. Et puis, un matin, je suis retourné au petit atelier.

Cette fois, je ne pleure plus. Je reprends la planche à roulettes, des outils et des morceaux de bois. Je me mets au travail. Je ne sais pas trop ce que je veux faire, mais j'ai mon idée : terminer cet objet qui ne sert à rien.

Je commence par coller un long morceau

de bois vertical, de forme carrée, sur la planchette, en plein milieu. J'en colle un autre morceau au-dessus, puis deux petites baguettes sur les côtés. Je couronne le tout par un cube de bois aux bords arrondis.

En regardant ce que j'ai construit, je suis satisfait, on pourrait croire à un bonhomme posé sur la planchette à roulettes.

Alors, j'ai une idée. Je prends sur l'établi un gros crayon noir et je l'approche du morceau de bois qui est collé tout en haut. Je dessine dessus deux ronds noirs : les yeux, une barre entre les deux ronds : le nez, et enfin, une grande bouche souriante.

J'attache une ficelle à l'ensemble et je traîne ma planche à roulettes dans l'allée du jardin. Maman, qui m'aperçoit, me dit :

— C'est toi qui as fabriqué ça ! Qu'est-ce que c'est ?

Sur le coup, je ne sais pas quoi répondre, puis sans réfléchir, je lance :

— Euh... C'est mon papa à roulettes.

Maman ne dit rien, mais elle détourne vite

la tête. Je crois bien qu'elle pleure.

Bien des jours ont encore passé. Je ne sais pas combien, mais il me semble que ça fait très longtemps que papa est parti.

Et puis, un jour où le vent souffle, où les feuilles d'automne rouges et jaunes dansent dans le vent, tout s'est brusquement éclairé d'un rayon de soleil.

On a sonné.

Je vois maman ouvrir et, à la porte d'entrée, je reconnais la silhouette de papa.

Papa ! J'ai envie de courir vers lui, mais quelque chose me retient : son air grave, la façon dont il regarde maman. Alors, sans bouger, j'observe la scène de loin.

Papa a l'air très ennuyé, il s'excuse beaucoup, il s'explique... Maman pleure, puis il la prend dans ses bras.

Maintenant, tous les deux sont serrés l'un contre l'autre, le visage à la fois souriant et plein de larmes...

Malgré mon envie de les rejoindre, je ne veux pas les déranger tout de suite. Je sens qu'il se passe quelque chose de trop important... D'ailleurs, j'ai quelque chose à faire. Je cours jusqu'à la poubelle qui est le long du garage, j'ouvre le couvercle et j'y jette ma planche à roulettes. Je n'en ai plus besoin maintenant...

Puis je cours vers la maison en criant :

— Papa !

Table

1. Un monde miniature 5

2. Les orties 9

3. La poule de Lucile 15

4. Camille 19

5. Un anneau presque magique 25

6. Entrée en classe de sixième 39

7. Jeanne et Coco 43

8. Le mystère des pièces de monnaie 47

9. Vol pour Édimbourg 53

10. Le balai magique 59

11. Tom et son aquarium 65

12. Mon papa à roulettes 73

Découvrez dans les pages suivantes
un extrait du livre
Histoire du chien Gribouille

1

Gribouille

Le feuillage des arbres ondule doucement sous le vent. Les maisons de ma petite ville, blotties au milieu de la verdure, ne m'ont jamais paru aussi jolies. Quelle belle journée de vacances d'été !

En revenant de la plage, je marche tranquillement en compagnie de mon cousin Fred et de Lisa, une amie qui habite la maison juste à côté de la nôtre. Nous sommes arrivés dans notre rue quand Lisa s'arrête brusquement et pose sa main sur mon bras.

— Arthur, regarde le petit chien là-bas !

Elle me montre du doigt un petit chien

banal, au poil ras, blanc avec quelques taches sombres, les oreilles dressées. Je lui réponds :

— Je vois bien un chien, mais il n'a rien d'extraordinaire...

Nous regardant tour à tour, Fred et moi, Lisa reprend vivement :

— Mais vous n'avez pas remarqué qu'il était déjà là hier. Avant, je ne l'avais jamais vu dans ce quartier ! On dirait qu'il est abandonné.

Nous nous avançons alors vers l'animal. Il semble avoir peur. Il fait mine de s'enfuir.

— Restez là, dit Lisa, j'y vais seule pour ne pas l'effrayer.

Elle s'approche lentement du chien et lui parle doucement. Au bout de quelques instants, il n'a plus peur et commence même à remuer la queue. Lisa peut alors le caresser ; elle nous fait signe d'approcher.

Je remarque que le chien a l'air fatigué, presque épuisé.

— Il doit avoir faim et soif, je vais lui

donner quelque chose...

Et comme nous pénétrons dans le jardin, le chien nous suit. Le laissant avec Fred et Lisa, j'entre dans la maison chercher de l'eau et un peu de nourriture.

Dès que je pose un bol d'eau devant lui, il le boit en quelques secondes. De même, il avale d'un coup les biscuits que je lui donne. Puis visiblement satisfait, il tourne autour de nous en remuant la queue et en poussant de petits jappements.

— Pas de doute, ce chien est abandonné, dit Fred, sinon, il n'aurait pas avalé ça si vite ! Et puis il ne resterait pas là, il reviendrait chez lui.

Parce qu'il s'y connaît un peu en chiens, il ajoute :

— C'est vraiment un très beau chien, un bull-terrier sans doute.

J'observe son collier, un joli collier de cuir rouge.

— Regardez, sur le collier, il y a une plaque à son nom : il s'appelle Gribouille !

— Drôle de nom ! remarque Fred.

— Grâce à son collier, on pourra facilement retrouver son propriétaire.

— Ça m'étonnerait, Arthur, dit Fred, je crois qu'il a été abandonné et que son maître ne voudra pas le reprendre.

— Non ! S'il a été abandonné, crois-tu que son maître lui aurait laissé ce beau collier ? C'est peut-être grâce à ça qu'on va le retrouver.

— Arthur a raison ! intervient Lisa. Regardez aussi comme son poil est brillant et bien entretenu. On voit bien que son maître en prenait soin. Pour moi, ce chien n'a pas été abandonné, il s'est perdu.

— Non, il ne s'est pas perdu ! assure Fred. Un chien ne se perd pas comme ça. Un chien retrouve en général la maison de son maître ! Et puis vous avez vu comme il est propre. À mon avis, ça fait peu de temps qu'il a quitté sa maison.

Je me rends bien compte que Fred a raison. Un chien ne se perd pas facilement, surtout dans une ville comme la nôtre qui n'est pas petite, mais pas immense non plus : Falaise-sur-Mer ne comporte que quelques milliers d'habitants ; elle est même plutôt isolée sur cette côte où les falaises sont battues par la mer. Pourtant, je fais remarquer :

— Ce chien a l'air tout jeune, ce n'est peut-être pas étonnant qu'il se soit perdu : il aura eu du mal à retrouver sa maison...

— Ça expliquerait tout... Tu as peut-être raison, dit Fred.

Mais comment faire pour retrouver son maître ?

L'annonce

— Retrouver son maître ?... J'ai une idée ! s'exclame Lisa. À la boulangerie, il y a un panneau avec des annonces rédigées par des clients. On va en mettre une pour signaler qu'on a trouvé Gribouille !

Tante Alice, que l'on vient de mettre au courant, trouve aussi que c'est une bonne idée. Dans le salon, nous entourons Lisa qui rédige un petit texte :

Un jeune chien de race bull-terrier a été trouvé à Falaise-sur-Mer. Prière de le réclamer à Mme Alice Santi en téléphonant au 02 50 43 89 57.

— Pas mal du tout ! dit Fred. On va tout de suite mettre l'annonce.

Arrivée devant la boulangerie, Lisa entre et demande l'autorisation d'afficher son texte sur le panneau. Une fois l'annonce mise en place, je me demande ce qu'on va faire de Gribouille en attendant qu'on vienne le réclamer.

— Pas de problème ! dit Fred, maman est d'accord pour qu'on le garde dans le jardin. Comme il n'aura pas le droit d'entrer dans la maison, on va lui construire une niche.

Et un peu plus tard, nous commençons à sortir quelques vieilles planches entreposées au fond du garage. Fred déniche des clous, un marteau et une tenaille. Mais avant de se mettre au travail, il faut d'abord trouver un endroit pour la niche. Notre jardin n'est pas très grand, mais il y a une petite place qui convient très bien contre la haie, au pied d'un gros épicéa.

En une heure environ, nous avons construit un abri en bois qui ressemble bien peu à une niche, mais il protégera Gribouille des intempéries, ce qui est l'essentiel.

Cependant, au moment de faire essayer sa nouvelle petite maison à Gribouille, celui-ci ne semble pas du tout avoir envie d'y pénétrer. Lui qui a suivi nos travaux avec entrain, tournant joyeusement autour de nous, fait maintenant triste mine, la queue basse, et refuse obstinément d'entrer dans sa niche, même quand on essaye de le pousser. Lisa va même chercher quelques herbes sèches dont elle tapisse le sol, rien n'y fait. Mais quand elle place quelques biscuits au fond de la niche, Gribouille y pénètre enfin, saisit l'un des biscuits et s'allonge, l'air satisfait.

Fred, qui vient de dénicher une cordelette, entreprend d'en faire une laisse : une boucle d'un côté servira de poignée ; l'autre bout sera attaché au collier de Gribouille. Lorsque tous ces préparatifs sont finis, il est dix-neuf heures et tante Alice nous appelle pour le re-pas. Je referme soigneusement le portail derrière Lisa qui rentre chez elle. Gribouille est en sécurité dans notre jardin.

À table, nous ne sommes que trois, car oncle Pierre est une fois de plus en déplacement pour son travail. Moi, je vis chez mon oncle et ma tante, avec mon cousin Fred, depuis que mes parents ont disparu tous les deux dans un accident. En me servant, tante Alice me sourit avec douceur, d'un bon sourire qui me réchauffe le cœur. En lui rendant son sourire, je pose affectueusement ma main sur son bras. Tante Alice, c'est un peu ma maman maintenant.

Durant tout le repas, nous discutons vivement de tout ce qui vient de nous arriver et du succès possible de l'annonce. Est-ce que quelqu'un téléphonera ? Et si personne ne téléphone, que ferons-nous de Gribouille ? Le garderons-nous ?

Nous sommes impatients de connaître la suite, mais tante Alice nous fait observer qu'il faut sans doute attendre quelques jours afin de laisser le temps à tous de lire l'annonce. Et puis, de bouche à oreille, l'information passera. Si la personne à qui appartient Gribouille habite bien à Falaise-sur-Mer, elle sera sans doute prévenue dans les jours qui viennent.

Le soir, avant de m'endormir, je repense à ma journée. Je revois le petit chien que nous avons recueilli, la niche que nous avons construite... Dans la brume qui précède le pays des rêves, j'entrevois un instant le beau visage de Lisa, puis le sourire de tante Alice qui vient de me souhaiter bonne nuit, avec un mot gentil et un baiser sur la joue. Je suis calme et heureux. C'est cela le bonheur, je crois, toutes ces petites choses qui peuvent paraître insignifiantes, mais qui sont pourtant essentielles...

FIN DE L'EXTRAIT
du livre
Histoire du chien Gribouille

Découvrez tous les livres pour la jeunesse de Marc Thil, en version numérique ou imprimée, en consultant la page de l'auteur sur internet.

....

Histoire du petit Alexis

• Quand on a neuf ans et qu'on n'a plus de famille, la vie est difficile... mais le petit Alexis est plein de ressources et d'énergie pour trouver sa place en ce monde.

• Une histoire courte et émouvante, accessible aux plus jeunes lecteurs.

....

Le Mystère de la fillette de l'ombre

(Une aventure d'Axel et Violette)

• Axel a bien de la chance, car Tom le laisse conduire sa petite locomotive sur la ligne droite du chemin de fer touristique. Il est vrai que la voie ferrée, en pleine campagne, est peu fréquentée. Ce matin-là, tout est désert et la brume monte des étangs. Mais quand Axel aperçoit une fillette sur les rails, il n'a que le temps de freiner !

Que fait-elle donc toute seule, sur la voie ferrée, dans la brume de novembre ? Pourquoi s'enfuit-elle quand on l'approche ? Pour le savoir, Axel et son amie Violette vont tout faire afin de la retrouver et de percer son secret.

• Une aventure avec des émotions et du suspense qui pourra être lue à tout âge, dès 8 ans.

....

Le Mystère de la falaise rouge

(Une aventure d'Axel et Violette)

• Axel et Violette naviguent le long de la falaise sur un petit bateau à rames. Mais le temps change très vite en mer et ils sont surpris par la tempête qui se lève. Entraîné vers les rochers, leur bateau gonflable se déchire. Ils n'ont d'autre solution que de se réfugier sur la paroi rocheuse, mais la marée monte et la nuit tombe... Au cours de cette nuit terrible, un bateau étrange semble s'écraser sur la falaise.

Quel est ce mystérieux bateau et où a-t-il disparu ? Quel est l'inconnu qui s'aventure dans la maison abandonnée qui domine la mer ? Axel et Violette vont tout tenter afin de découvrir le secret de la falaise rouge.

• Une aventure avec des émotions et du suspense qui pourra être lue à tout âge, dès 8 ans.

....

Le Mystère du train de la nuit

(Une aventure d'Axel et Violette)

• Un soir de vacances, alors que la nuit tombe, Axel et son amie Violette découvrent un train étrange qui semble abandonné. Une locomotive, suivie d'un seul wagon, stationne sur une voie secondaire qui se poursuit en plein bois. Pourtant, deux hommes sortent soudainement du wagon qu'ils referment avec soin.

Que cachent-ils ? Pourquoi ne veulent-ils pas

qu'on les approche ? Et pour quelle raison font-ils le trajet chaque nuit jusqu'à la gare suivante ? Aidés par la petite Julia qu'ils rencontrent, Axel et Violette vont enquêter afin de percer le secret du train mystérieux.

• Une aventure avec des émotions et du suspense qui pourra être lue à tout âge, dès 8 ans.

....

Vacances dans la tourmente

• À la suite de la découverte d'un plan mysté-rieux, Marion, Julien et Pierre partent en randon-née dans une région déserte et sauvage. Que cache donc cette ruine qu'ils découvrent, envahie par la végétation ? Que signifient ces lueurs étranges la nuit ? Qui vient rôder autour de leur campement ? Les enfants sont en alerte et vont mener l'en-quête...

• Une aventure avec des émotions et du suspense

pour faire découvrir aux jeunes lecteurs (8-12 ans) le plaisir de lire.

....

40 Fables d'Ésope en BD

• *Le corbeau et le renard* ou *La poule aux œufs d'or* sont des fables d'Ésope, écrites en grec il y a environ 2500 ans. Véritables petits trésors d'humour et de sagesse, les écoliers grecs les étudiaient déjà dans l'Antiquité.

Aujourd'hui, même si en France, on connaît mieux les adaptations en vers faites par Jean de La Fontaine, les fables d'Ésope sont toujours appréciées dans le monde entier. Les 40 fables de ce livre, adaptées librement en bandes dessinées, interprètent avec humour le texte d'Ésope tout en lui restant fidèles : les moralités sont retranscrites en fin de chaque fable.

• Un petit livre à posséder ou à offrir, pour les lecteurs de tous les âges, dès 8 ans.

....

Made in the USA
San Bernardino, CA
15 May 2019